MISCELLANÉES

37809

LAMENTATIONS
DES JUIFS CAPTIFS A BABYLONE

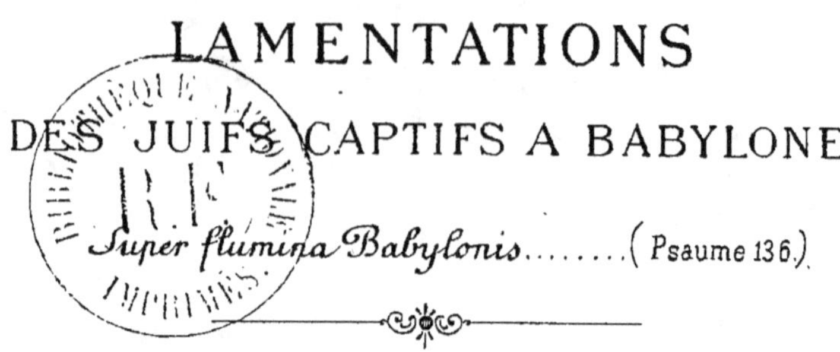

Super flumina Babylonis........(Psaume 136.)

Babylone maudite! assis sur tes rivages,
Nous ne pouvons tarir la source de nos pleurs:
La ruine de Sion et tes crimes sauvages,
Ravivent, chaque jour, nos poignantes douleurs.

Aux saules de tes eaux, nos harpes suspendues,
Te disent, de nos cœurs, et l'angoisse et le deuil;
C'est toi, qui dispersas nos tribus éperdues,
Et fis, de nos foyers, un immense cercueil.

Ceux qui nous ont, ici, traînés en esclavage,
Osent nous demander, insultant au malheur,
Ces hymnes que Sion, comme un pieux hommage,
Faisait monter, vers Dieu, dans ses jours de bonheur.

Hélas! comment chanter sur la terre étrangère?
Ah! comment étouffer en nous ton souvenir,
Sainte Jérusalem, à notre amour si chère,
Pour qui s'exhalera notre dernier soupir!

1874

Que notre langue sèche et notre main se glace,
Comme la juste peine à notre égarement,
Si ton culte, jamais, de notre âme s'efface;
Si notre antique foi chancelle un seul moment.

Songe aux enfants d'Edom, Seigneur, pour la vengeance!
Songe à Jérusalem! songe à son dernier jour,
Quand des peuples ligués criaient, dans leur démence:
« Que la fière cité s'abîme sans retour »!

Heureux, digne d'envie, ô Babylone impure!
Celui qui, suscité comme fléau de Dieu,
Vengera tous les maux que notre race endure,
Sur les profanateurs de Sion, du saint lieu.

Heureux qui, précurseur de ton heure dernière,
Ravira, du berceau, tes enfants nouveau—nés;
Broiera, dans sa fureur, leurs têtes sur la pierre,
Et brisera les fers que tu nous as donnés!

HYMNE A LA VIERGE

Salut ! Etoile de la mer !
Que le nocher dans la tourmente,
En proie au désespoir amer,
Invoque en son âme fervente !

Salut ! ô Mère vénérée,
Du Lieu qu'exalte notre amour !
Vierge toujours immaculée,
Porte d'or du divin séjour !

Toi que du nom sacré de mère,
Salua l'ange Gabriel,
Garde nous, pauvres de la terre,
Affermis dans la paix du Ciel.

Prends les enfants d'Eve coupable
Sous l'aile de ta charité ;
Efface un nom qui nous accable.
Lave nous de l'iniquité :

Projette, d'en haut, la lumière
Sur l'aveugle incrédulité ;
Détourne de nous la misère,
La souffrance et l'adversité ;

Montre-toi notre Providence,
Entends le cri de notre cœur ;
Appelle sur nous l'abondance
Des biens, qui font le vrai bonheur.

Fléchis, par notre humble prière,
Le Dieu que ton sein a porté ;
Qui s'est fait ton fils sur la terre,
Pour racheter l'humanité.

Vierge unique et prédestinée,
Parfait modèle de douceur,
Fais, sur nous, comme la rosée,
Tomber le pardon du Seigneur.

En nos cœurs, pieux sanctuaire,
Mets la candeur, la chasteté ;
Que ton étoile tutélaire
Nous conduise, en sécurité,

A la source bénie et pure,
Où le regard du Créateur
Eblouira la créature,
Ivre d'un éternel bonheur.

Gloire au Dieu qui partout rayonne,
Au fils qui sur la croix pardonne !
Gloire à l'Esprit de vérité !
Gloire à l'Auguste trinité !

RÉPONSE A DES SONNETS

DE MON COLLÈGUE ET AMI LE PRÉSIDENT LAMBERT
SUR LE DÉCRET DU 1er MARS 1852.

Ami, je porte envie à votre solitude,
A vos riants coteaux, à votre quiétude ;
A ce bonheur, à deux, que vous chantez en vers,
A l'horizon borné qui fait votre univers.

Vous avez accompli la grande loi du monde,
Par qui l'homme est utile et la terre féconde ;
Qui dispense à chacun une tâche ici-bas,
Et condamne, au travail, ou l'esprit, ou les bras.

Pour vous, comme pour moi, la journée est finie ;
Nous touchons, l'un et l'autre, aux confins de la vie ;
Et, devant le décret qui nous fait des loisirs,
Gardons-nous, cher Lambert, de poser en martyrs.

Les vulgaires esprits et les esprits d'élite
Sont frappés, tour à tour, de cette mort subite :
Sourions au destin ! il n'est pas d'argument
Qui puisse prévaloir contre le réglement.

Tout souffle en aquilon, d'ailleurs, sur la vieillesse,
L'homme aspire au repos, le goûte avec ivresse,
Quand, ferme en son devoir, il a longtemps lutté
Pour le droit, la justice et pour la vérité.

C'est ainsi que tous deux, au terme du voyage,
Nous avons amarré notre esquif au rivega ;
Heureux, en échappant au forum agité,
De garder notre *titre* et notre *dignité*.

Si des gais compagnons nous regrettons l'absence,
Le souvenir du cœur évoque leur présence :
Et, par l'illusion de la sainte amitié,
Nous sentons nos regrets moins amers de moitié.

MAGNIFICAT

TRADUCTION

J'exalte le Seigneur en sa magnificence ;
Et mon cœur, transporté par la reconnaissance,
Tressaille dans l'amour du Dieu mon créateur,
Qui, touché des élans de mon âme fervente,
Abaisse, avec bonté, son regard protecteur
    Sur son humble servante.

Par ce divin rayon, l'univers éclairé
M'acclamera toujours la Vierge bienheureuse ;
Car la grâce de Dieu, forte et miraculeuse,
En moi fit éclater un mystère sacré :
Et son nom, trois fois saint, allume dans mon âme
    Une céleste flamme !

Sans cesse, sur les flots des générations
Il verse les trésors de sa miséricorde ;
A l'homme qui le craint et l'invoque, il accorde
L'Espérance et la Foi, sublimes visions :
La force de son bras, pareille à son tonnerre,
    Domine sur la terre.

BIBLIOTHÈQUE NATIONALE — R.F.

Du superbe il confond l'orgueil, l'impiété ;
Précipite, à son gré, de leur trône éphémère,
Les Grands et les Puissants, au jour de sa colère ;
Elève, jusqu'à lui, l'amour, l'humilité ;
Et de biens éternels il comble l'indigence,
    Pour prix de sa souffrance.

Au mauvais riche il prend les stériles richesses
Dont son cœur s'enivrait ; et, ferme en ses promesses,
Sur les fils d'Israël, les élus de son cœur,
Sa charité répand la paix et le bonheur,
Ainsi qu'en d'autres temps sa parole féconde
    L'avait prédit au monde.

Nos pères, Abraham et sa postérité,
En ont gardé mémoire, en leur âme ravie ;
Car le Verbe annonçait la lumière et la vie
Qui, dans les vrais sentiers, guident l'humanité.
Gloire au Père immortel ! Gloire au fils qui s'immole !
    A l'Esprit qui console !

Au Dieu, qui du chaos fit jaillir la lumière,
Qui, toujours Dieu vivant, est unique, éternel ;
Que j'entends célébrer par la nature entière,
Le Très-Haut ! l'Infini ! dans un chant solennel ;
Qui n'eut pas de principe, et, couronné d'hommages,
    Régnera dans les âges !

PSAUME 129

Dans la profonde nuit où la mort m'a jeté,
Seigneur, ma voix t'implore, écoute ma prière ;
Prends pitié d'un pécheur, de remords tourmenté ;
Que mes gémissements désarment ta colère !

Si tu ne vois, hélas ! que mon iniquité,
Qui pourra, sans terreur, affronter ta justice ?
Pour marcher dans ta loi, j'ai vainement lutté,
Toi qui vis mes combats, à mes cris sois propice !

Des premiers feux de l'aube aux derniers feux du jour,
Ferme en sa confiance, et fervent en son zèle,
Israël attendra, le cœur brûlant d'amour,
Les destins annoncés à ton peuple fidèle.

Ta parole infaillible a soutenu ma foi,
Et mon âme, en toi seul, a mis son espérance ;
Car ta Miséricorde a banni mon effroi,
Et ton immense amour veille à ma délivrance.

C'est toi qui laveras les enfants d'Israël,
Du coupable passé qui souille leur mémoire :
Qu'ils dorment dans la paix du sommeil éternel,
Fais descendre, sur eux, un rayon de ta gloire !

LE PERROQUET ET LE ROSSIGNOL

(FABLE).

Un perroquet bavard, transfuge de sa cage,
    Sous le dôme d'un vert bocage,
Croassait son jargon rauque et disgracieux,
Quand, soudain, retentit un chant mélodieux !
    C'était la voix de Philomèle,
Du jour avant-courrière, et qui, dans ses transports,
Saluait le soleil par de divins accords.
Mon Jacquot, furieux, et secouant son aile,
Apostrophe, en ces mots, le chantre du printemps :
« Comment, chétif oiseau de sordide plumage,
Oses-tu cadencer ton frivole ramage,
Quand je perche au plus haut de ces arbres géants ?
Pour briller, tu n'as pas ma chatoyante robe ;
Tu ne sais que chanter : moi, je parle en *savant*.
    Du logis d'où je me dérobe,
    J'étais l'orgueil et l'ornement. »
    Pardonne, lui répond Philomèle étonnée,
    De mes chants l'importunité ;
    Mais il est dans ma destinée
    De vivre loin de la cité ;
Je ne saurais jamais m'asservir au parlage
Qu'on t'a redit, cent fois, aux barreaux d'une cage ;

Enfant de la forêt et de la liberté,
Je chante sous l'azur et dans l'immensité :
Mon maître est la nature et sa douce harmonie,
De mes joyeux concerts, règle la mélodie.
Si mon plumage obscur n'éblouit pas les yeux,
Je charme, par mes chants, et la terre et les cieux !
Toi, pâle imitateur d'un argot de cuisine,
Tu n'es, sur ton perchoir, qu'un sot de triste mine.
Je connais plus d'un fat, pareil au perroquet,

    Tout fier du manteau qui l'abrite

    Et croit qu'un futile caquet.

    Peut effacer le vrai mérite.

BOUTS-RIMÉS.

Je n'ose ni flétrir, ni condamner la *femme*,
Qui, pour le bien public, trahit *Catilina*;
J'admire, en un héros, et la grandeur de l'*âme*,
Et l'intrépide cœur qui jamais ne *fouina*,

J'aime un hardi chasseur affrontant, dans sa *jongle*,
Le titre rugissant : J'honore un *citoyen*
Qui, dans les grands dangers, sait montrer bec et *ongle*,
Mais je méprise un traître à l'égal d'un *païen*.

Je comprends le succès, la vogue d'*Orestie*,
Car l'esprit y pétille, autant qu'en *Gabrio*;
Je recherche un causeur à fine *répartie*.
Mais je fuis le boursier qui me parle *Agio*,

Je savoure, au dessert, la fraîche *Mirabelle*;
Entre tous les tribuns, j'exalte Mirabeau :
Quand son puissant esprit subjuguait une *belle*,
Son génie, à l'amour, rallumait son *flambeau*.

A table, à mon voisin je fais passer la *figue*,
Si je sens le fumet d'un succulent *faisan*.
On ne me vit jamais enrôlé dans la *ligue*
Des prétendus gourmets, friands du *parmesan*.

Je ne saurais broyer la croquante *noiselle*,
Et je pâlis devant l'indigeste *pâté* ;
Pour l'une, il me faudrait les dents de la *griselle*,
Pour l'autre, l'estomac de l'animal *bâté*.

Rennes, 25 mars 1874.

CH. BAILLY,
Conseiller honoraire.

NOTA. — Ces bouts-rimés ont été faits sur des rimes qu'Alexandre Dumas, père, avait données *en blanc* dans un journal, en invitant ses lecteurs à les remplir.

Imp. Rennaise, rue Bourbon, 3.